나의 용감한 친구 리디아에게

– 크리스틴

바위와 소녀

크리스틴 인트번 글
마르타 베르샤펠 그림

b.read

이것은 뜻밖의 방문으로 시작된 한 소녀의 이야기야.
소녀는 빵을 만들려고 밀가루를 반죽하고 있었어.

누군가 소녀의 집 앞에 소포를 들고 찾아왔어.

"잘못 온 것 같은데요."
소녀가 말했어.
"저는 주문한 게 없어요."

배달부가 서류 뭉치에서 소녀의 이름을 가리켰어.
“이 이름이 맞나요?”
“네.” 소녀가 고개를 끄덕였어.
“그럼 당신에게 온 게 맞아요.”
그는 소포를 소녀의 두 팔에 떠안겼어.

문데
렇게 무섭지?
보낸 거지?
물건인가?

그것은 꼭 바위 같았어. 산에서 떨어져 나온 것 같았지.
느낌도 딱 그랬어. 화강암처럼 거칠고 단단했어.
커다란 데다 요지부동이었고.

‘원한 적도 없는 바위로 뭘 할 수 있지?
할 수 있는 게 없을 텐데.’
소녀는 생각했어.
그만 바위를 내려놓고 집으로 들어가려 했지만
그럴 수가 없었어.
바위가 전혀 움직이지 않았거든.

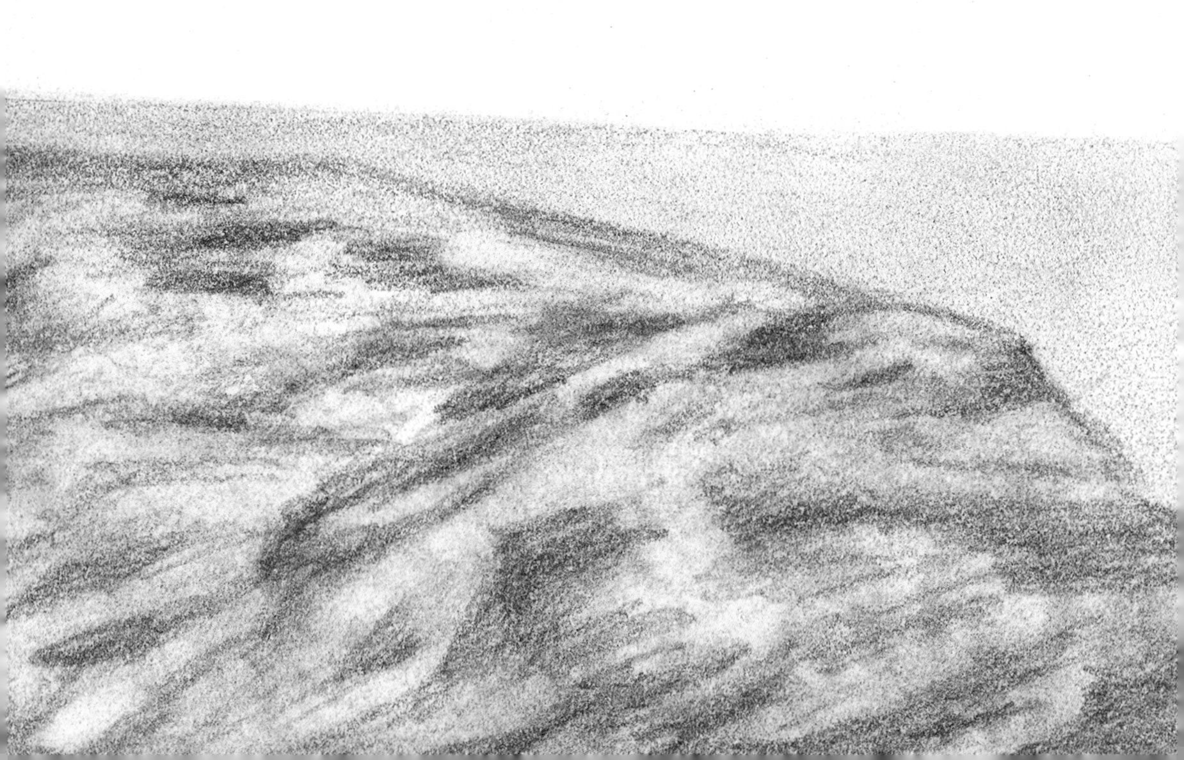

소녀는 바위를 밀어내 보았어.
기울여도 보았어.
흔들어도 보고 매달려도 보았어.
어떻게든 떼어 내려고 갖은 애를 썼지.
하지만 바위는 꼼짝도 안 했어.

떨쳐 내려 할수록…

점점 더 무거워지기만 했지

소녀는 당황스러웠어.
단지 집 안으로, 초인종이 울리기 전의 일상과
빵 반죽이 있는 곳으로 돌아가려 했을 뿐인데.

그때 숲 가장자리에 있는 골짜기가 생각났어.
사람들은 낡은 의자나 작아진 바지처럼 쓸모없는 것들을 그곳에 버렸어.
언젠가 소녀는 그 아래에서 나쁜 기억들도 본 적이 있었지.
소녀는 그곳으로 가고 싶었어.

소녀는 조심스레 뒤로 한 걸음 움직여 보았어.
앞이 보이지 않아 쉽지는 않았지.
게다가 바위는 마치 자동차 세 대에 코끼리 일곱 마리를 얹은 것만 같았어.

사람들이 소녀를 쳐다봤어.
“왜 그렇게 힘들어하는 거야?” 개와 산책하던 사람이 말했어.
“그냥 내려놓으면 되잖아.”

“그게 그렇게 무거워?” 누군가 물었어.
“엄살 부리는 거 아니야?”

“힘을 내렴. 넌 더 강해질 수 있어”라고 말하는 사람도 있었지.

바위라고?

많은 사람들이 바위를 든 소녀를 보고 놀랐어.
그런가 하면 소녀를 본체만체하는 사람들도 많았어.
바위 같은 건 보이지도 않는다는 듯이 말이야.

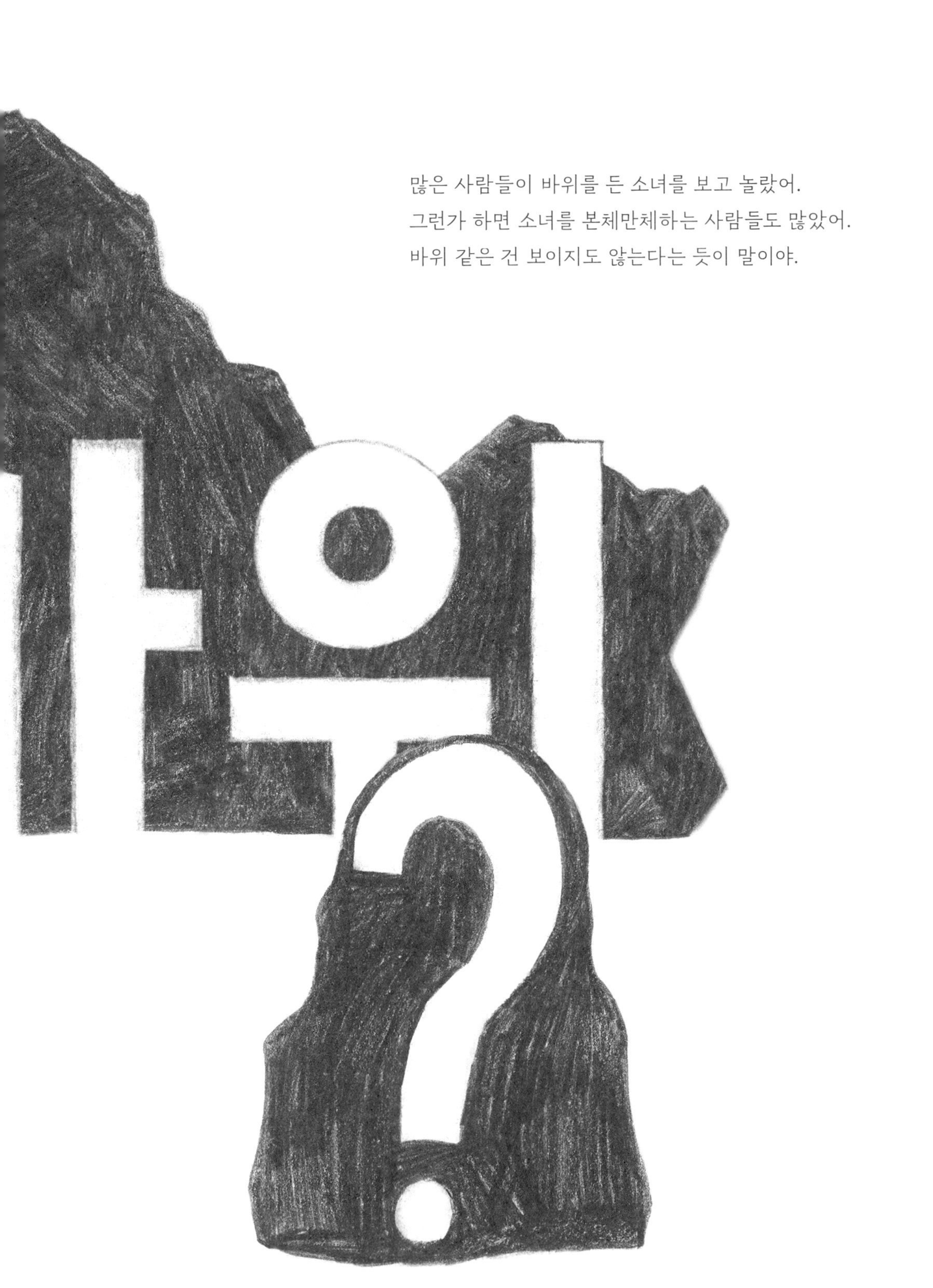

소녀는 벼랑 끝에 서서 골짜기 아래를 내려다보았어.
거기에는 온갖 버려진 물건들이 있었어.
누군가 간절히 없애고 싶어 한 것들이었지.

소녀는 조심스레 무릎을 꿇고 앉아
골짜기 아래로 몸을 기울여 바위를 밀어 보았어.
바위는 곧 우두둑 소리를 내며 기울어지더니
아래로 미끄러져 내려갔지.
잠시 후 소녀는 자신이 바위와 함께 떨어지고 있다는 것을 알았어.
가슴이 철렁했어.
마치 몸이 공중에 붕 뜬 것 같았지.

점점 깊은 곳으로 떨어지던 바위가
엄청난 소리를 내며 골짜기 바닥에 부딪혔어.
사방은 곧 고요해졌고
한동안 아무 소리도 들리지 않았어.

'아직 있을까?'
소녀가 고개를 들었어.
바위는 여전히 있었어.
바닥으로 떨어지는 소녀를 막아준 채로 말이야.

아프지 않은 곳이 없었어.

죽었니?

골짜기 사이로 질문이 메아리쳤어.

벼랑 위 낭떠러지 끝에는 아이들이 있었어.

"아닌 것 같아." 소녀가 대답했어.

"바닥에 있는 거야?"

"응. 완전히 바닥이야."

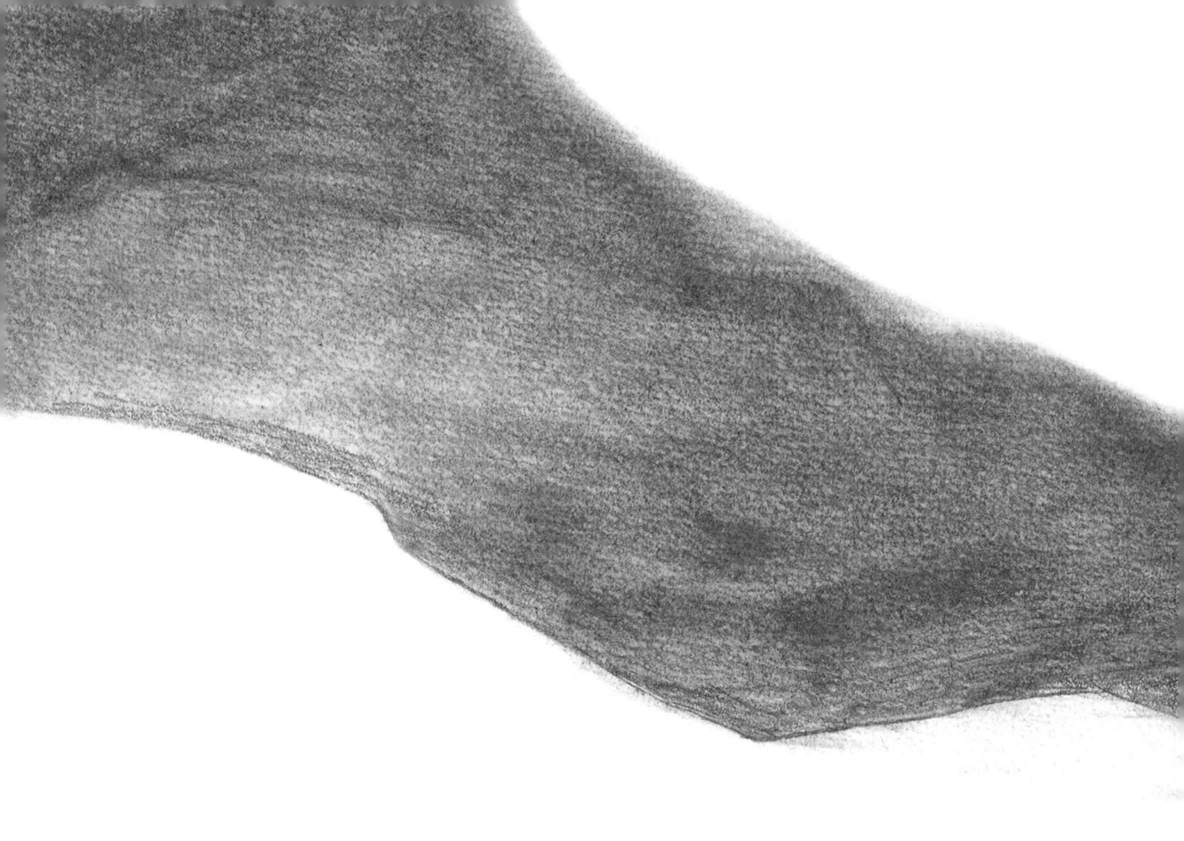

“나올 수 있겠어?” 한 아이가 물었어.
“모르겠어.” 소녀는 한숨을 쉬었어.
“잠깐만!” 누군가 소리쳤어.

소녀는 보았어.
아이들이 몰려와 만든 긴 사슬을.
큰 고리가 달린 밧줄이 내려왔어.
그걸로 바위를 묶으라고 아이들이 말했지.

소녀는 그렇게 했어.
그리고 온 힘을 다해 골짜기 위로 올라왔어.
밧줄을 움켜쥔 두 손에는 상처가 났어.

소녀는 몇 번이나 다시 떨어졌어.
그러면 큰 소리를 내며
골짜기 더 깊은 곳으로 미끄러지기도 했지.
그때마다 아이들은 '으아아아아!' 소리를 질렀고
다 함께 휩쓸리지 않으려고 안간힘을 썼어.

몇 시간이 흘렀어.
어쩌면 몇 년이었을까?
마침내 소녀는 두 발로 땅을 딛고 섰어.

한 아이가 말했어. “후유. 그 바위 엄청 무겁네.”
“진짜 무거웠어.” 다른 아이도 말했어.
“대체 무게가 얼마나 되는 거야?” 누군가 물었어.
“자동차 세 대에 코끼리 일곱 마리.” 소녀가 대답했어.

그렇게 말하고 나니 바위가 아주 조금 가벼워진 것 같았어.
물론 여전히 바위는 무거웠어.
그래도 숨통이 조금 트인 듯했어.
소녀는 아이들에게 손을 흔들어 인사를 하고 걷기 시작했어.
어디로 가야 할지는 몰랐어.
그저 계속 걸어야 한다는 것만 알았지.

그동안 왜 몰랐을까?
바위를 든 사람들이 주위에 이렇게나 많은데.
어떤 사람의 바위는 조약돌 같았어.
자세히 들여다봐야만 알 수 있었지.
어떤 바위는 엄청나게 컸어.
뾰족하고 날카로운 것,
둥글고 매끈한 것도 있었어.

"봐요, 이렇게도 할 수 있어요."
산처럼 생긴 바위 아래에서 누군가 말했어.
그는 바위를 어깨 위에 짊어지고 있었어. 배낭처럼 말이야.
"그런다고 더 가벼워지는 건 아니잖아요?"
소녀가 물었어.
"물론 그렇죠. 대신 두 손이 자유롭잖아요."

더는 바위를 마주 보지 않아도 된다니.
소녀는 충격을 받았어.
눈은 다시 빛에 적응했고, 새로운 색깔들이 보이기 시작했어.
안개가 걷힌 것 같았어.

소녀는 숨을 고르려고 벤치에 앉았어.
쉽지는 않았어.
바위를 짊어진 사람들을 위한
벤치는 아니었으니까.

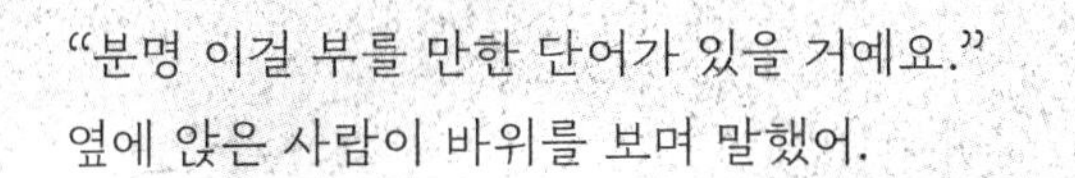

“분명 이걸 부를 만한 단어가 있을 거예요.”
옆에 앉은 사람이 바위를 보며 말했어.

두 사람 사이로 침묵이 흘렀어.
오후 한나절이 그렇게 지나갔지.
“미안해요. 적절한 단어를 찾을 수가 없네요.” 남자가 사과했어.
“그 말만으로도 충분해요.” 소녀는 말했어.

소녀는 구겨진 공처럼 몸을 잔뜩 웅크린 채 걸었어.
그러다 잠시 허리를 펴려는데
눈앞에 바위를 줄에 매서 끌고 가는 사람이 보였어.
꼭 개를 산책시키는 것 같았지.
"저도 이렇게 해봐야겠어요."
소녀가 바위개를 끄는 여자에게 말했어.

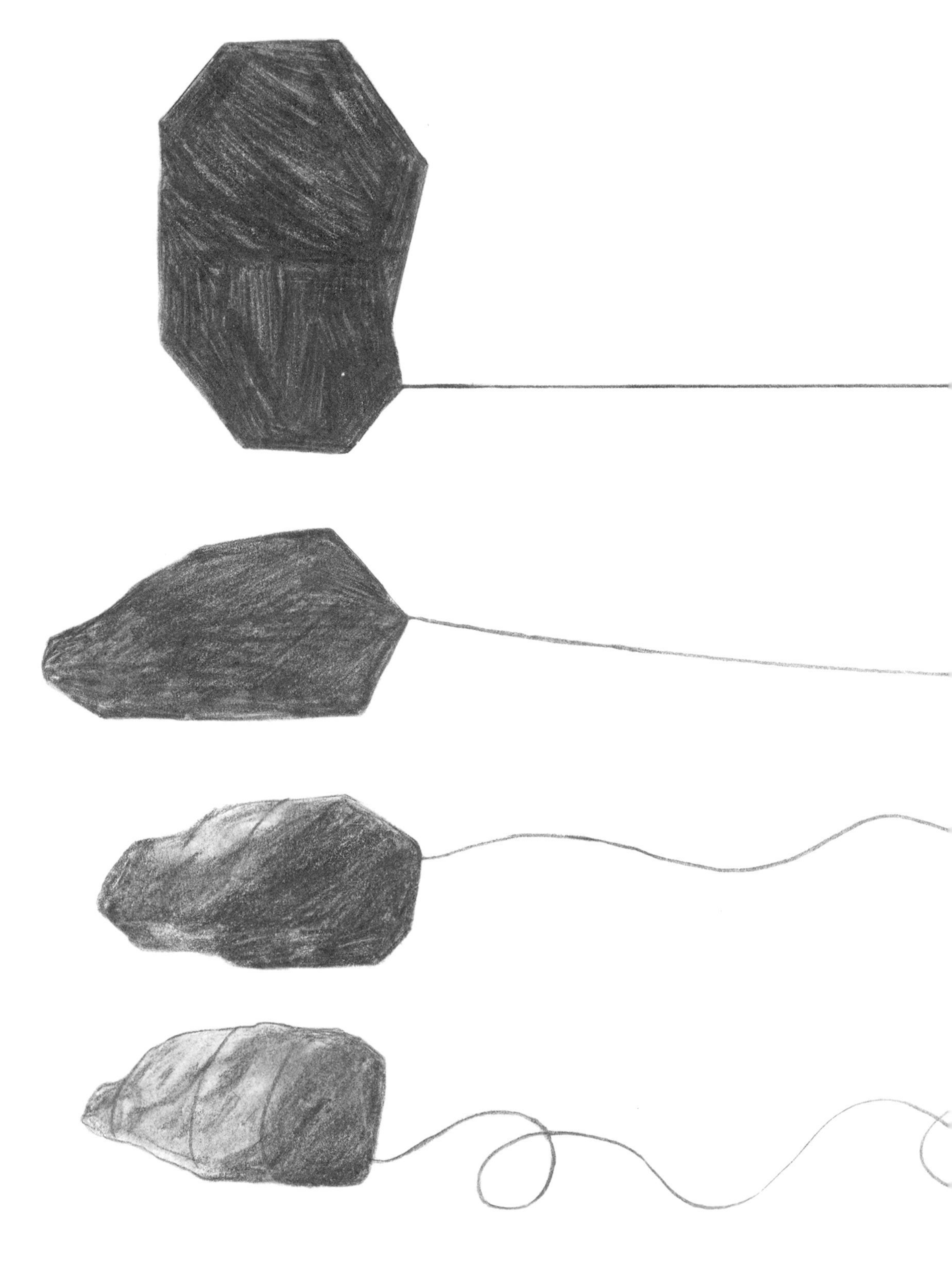

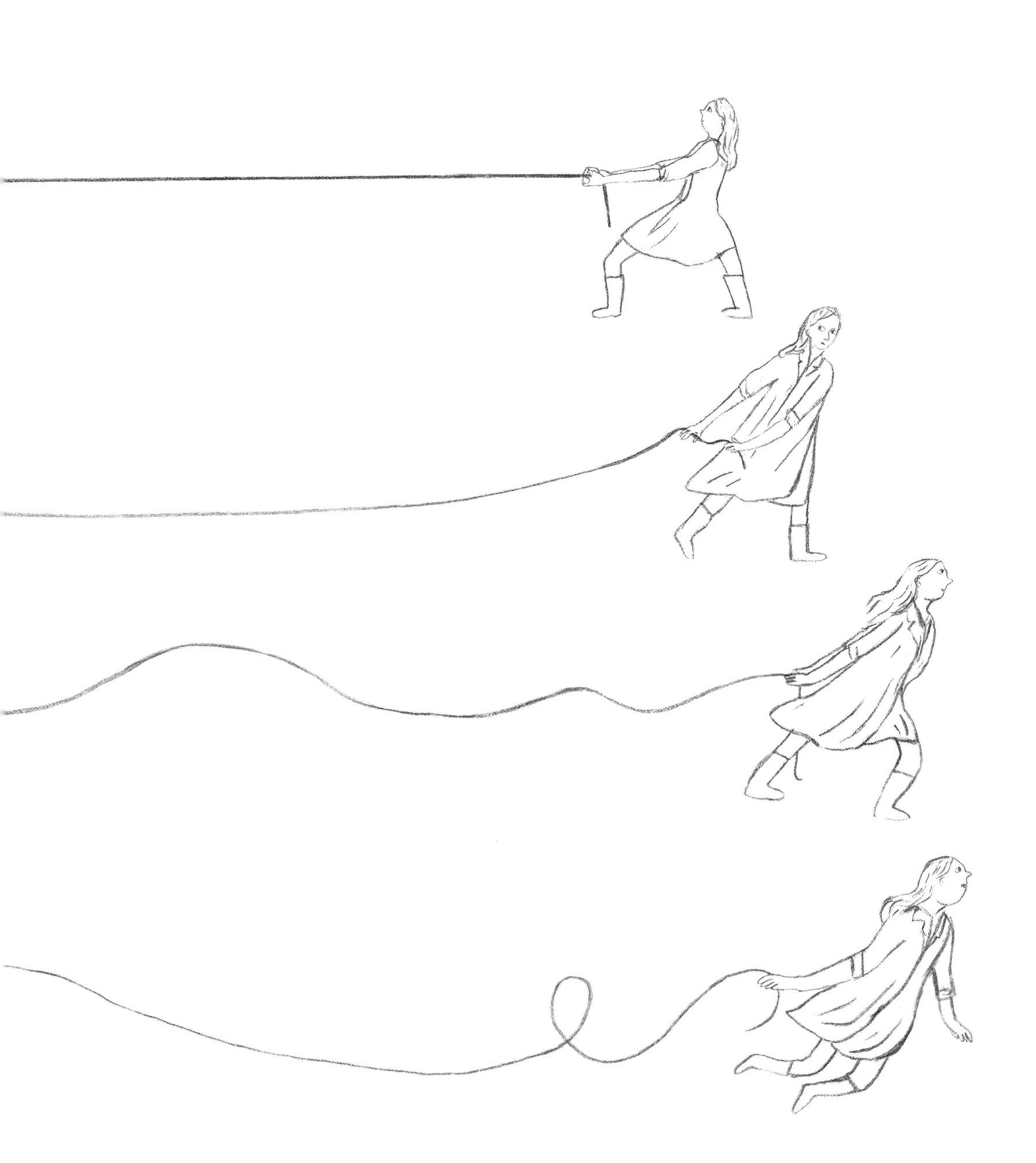

저 멀리 집 한 채가 보였어.
그 집을 바라보며 소녀는 자기 집을 떠올렸어.
오래전 빵 반죽을 하던 집 말이야.
소녀는 집 쪽으로 천천히 다가갔어.
집은 점점 더 또렷해졌지.
그래 맞아. 그 집은 소녀의 집이었어.
문득 소녀가 무언가를 느꼈어.
오랫동안 잊고 있던 것이었지.
집으로 다가갈수록 느낌은 점점 더 강해졌어.
소녀는 배가 고팠어.

문은 가만히 열려 있었어.
소녀가 안으로 들어갔어.
바위는 가까스로 문에 딱 맞았지.

빵 반죽은 여전히 그 자리에 있었고